MIO MARITO
L'ALTRA FAMIGLIA

D1664813

DACIA MARAINI

MIO MARITO
L'ALTRA FAMIGLIA

A cura di: Zita Vaccaro
Illustrazioni: Oskar Jørgensen

EDIZIONE SEMPLIFICATA AD USO SCOLASTICO E AUTODIDATTICO

Le strutture ed i vocaboli usati in questa edizione sono tra i più comuni della lingua italiana e sono stati scelti in base ad una comparazione tra le seguenti opere: Bartolini, Tagliavini, Zampolli – Lessico di frequenza della lingua italiana comtemporanea. Consiglio D'Europa – Livello soglia, Brambilla e Crotti – Buongiorno! (Klett), Das VHS Zertifikat, Cremona e altri – Buongiorno Italia! (BBC), Katerinov e Boriosi Katerinov – Lingua e vita d'Italia (Ed. Scol. Bruno Mondadori).

Per facilitare l'apprendimento della pronuncia indichiamo l'accento (.) sotto le parole sdrucciole e sotto quelle piane in cui la «i» costituisce sillaba a sé.

Redattóre: Ulla Malmmose

© 1968 Gruppo Editoriale Fabbri
Bompiani, Sonzogno, Etas. S.p.A.

© 1985 ASCHEHOUG A/S (Egmont)
ISBN Danimarca 87-11-07340-3

Stampato in Dinamarca da
Sangill Grafisk Produktion, Holme Olstrup

DACIA MARAINI

Dacia Maraini nasce a Firenze nel 1936. Dal 1949 la sua famiglia si stabilisce a Roma. La giovane scrittrice scrive i suoi primi racconti per la rivista «Tempo di Letteratura».

Il suo primo romanzo «La vacanza» viene pubblicato nel 1962 ed ha molto successo. Nel 1963 esce da Einaudi il suo secondo romanzo «L'età del malessere» che vince il premio Formentor per l'opera inedita. L'assegnazione del premio internazionale suscita molte polemiche: è difficile ammettere che una donna giovane e carina possa anche essere una brava scrittrice. Il terzo romanzo di Dacia Maraini è del 1967 ed è intitolato: «A memoria».

La raccolta di racconti MIO MARITO, da cui sono tratti i due racconti di questo libro, è pubblicata per la prima volta nel 1968. Come si sa, Dacia Maraini si batte contro l'ingiustizia della condizione femminile e con queste novelle evidenzia in maniera molto chiara situazioni famigliari insostenibili.

Oltre a scrivere romanzi e novelle, Dacia Maraini conduce inchieste sociologiche, pubblica articoli e si occupa di teatro.

Il suo noto romanzo «Memorie di una ladra» è pubblicato nel 1973 e l'anno dopo, nel 1974 viene pubblicata una sua raccolta di poesie «Donne mie», in cui Dacia Maraini mette tutta la sua passione femminista.

Il romanzo «Donna in guerra» è del 1975.

Dacia Maraini si dichiara apertamente femminista: «... Oggi io non frequento più gli intellettuali, ma soltanto gruppi e riunioni di donne. Quando una donna diventa femminista cambia: cambia il suo rapporto con la vita e con l'uomo...»

MIO MARITO

Mio marito è *biondo,* ha la fronte alta, i *denti* freschi, la pelle chiara. Mio marito è un uomo bello e veste con cura. Mio marito lavora in una *banca,* è *cassiere* e guadagna centoventimila *lire* al mese.

banca

cassiere

---

biondo, con i capelli del colore dell'oro
lire, soldi italiani

denti

Quando mio marito parla, io lo ascolto attentamente. Le cose che dice sono sempre molto giuste. Non ho mai sentito mio marito dire niente di sbagliato.

Mio marito è amato dagli amici. Mio marito è un *uomo di spirito,* ama fare gli *scherzi.* Qualche volta mette un *rospo* dentro il letto o la *marmellata* nelle *pantofole.* Una volta ha perfino fatto una *torta* per me con dentro un *topo* morto.

rospo

MARMEL LATA

pantofola

torta

topo

I *colleghi* lo considerano un uomo molto *intelligente;* vengono da lui a chiedere consiglio. Vengono soprattutto la domenica. Sono io che vado ad aprire, li faccio entrare e li porto nel nostro *salotto.*

---

uomo di spirito, uomo che dice e fa cose che fanno divertire
scherzo, cosa che si fa per fare divertire
collega, chi lavora nello stesso ufficio
intelligente, chi capisce facilmente tutto
salotto, stanza non molto grande dove le persone stanno insieme a parlare, a bere il caffè o altro

Uno di loro è venuto per tanto tempo tutte le domeniche. E' un uomo piccolo e rosso e sua moglie va a letto con il *direttore* della banca. Il suo problema è grave: se vuole continuare ad avere il posto in banca non deve mostrare di sapere quello che succede tra sua moglie ed il direttore. La cosa gli ha dato molto dispiacere, per molto tempo non è riuscito a dormire e qualche volta neanche a mangiare.

Ma Mario ha trovato il modo di consolarlo. Gli ha parlato a lungo, è rimasto a casa per poter stare con lui, gli ha offerto il pranzo da noi

---

direttore, capo dell'ufficio

salotto

tre volte, una dopo l'altra. Questo amico ora non è più triste.

«Tu prepara un buon caffè, Marcella. Quando lui esce di qui deve sentirsi veramente un altro.»

Mario lo ha convinto che il direttore è un uomo *superiore*, un *angelo*.

«Può un angelo essere *accusato* di occuparsi delle cose *umane*?»

---

superiore, molto buono
accusato, da accusare: dire che qualcuno ha fatto cose sbagliate.
umano, degli uomini

angelo

«No. Ma se non è veramente un angelo?»

«Come è possibile che dopo tanti giorni di cura e dopo che ti ho parlato tanto del direttore, che è un uomo superiore... *Credevo* di averti convinto.»

«Anche io lo credevo. Ma qualche volta mi viene il dubbio...»

«I dubbi appartengono ai *deboli*. L'uomo forte non ha dubbi. Sei convinto di questo?»

«Credo di sì.»

«Bene. Io ti chiedo ancora, può un angelo essere considerato un *perturbatore* delle cose umane?»

«No, certo.»

«Infatti un angelo è un angelo. Può solo fare del bene.»

«Lui forse è un angelo. Ma mia moglie non lo è proprio.»

«Tua moglie non è un angelo, ma se sta con

---

credevo, imperfetto indicativo di credere
debole, il contrario di forte
perturbatore, qui nemico

un angelo diventa migliore, più buona, più *pura* e gentile. A poco a poco cambia e diventa un'altra.»

«Ma io ho sposato lei. Mi basta così com' è.»

«Mi dispiace, Carlo. Tu non ami abbastanza il bene, accetti il male, il *disordine*.

«Ti giuro di no.»

«Allora ascoltami. Da domani tu *osservi* il direttore. Cerca di stargli il più vicino possibile. Cerca di ascoltare la sua voce, cerca di guardare come cammina, come si muove. Allora sono certo che tu scopri che è un angelo.»

«Io l' ho guardato tante volte, ma non ho mai scoperto niente di particolare in lui.»

«Perché tu sbagli, come gli altri colleghi. Tu li conosci, sai come sono *stupidi*. Per loro un direttore è un direttore e un cassiere un cassiere. Ma tu devi capire che i nostri colleghi sono delle bestie e lui, il direttore, un uomo giusto e puro. Allora sono certo che capisci che tua moglie e lui si cercano e si amano, come si cercano e si amano le cose belle e giuste.»

«Tutto questo va bene. L'unica cosa che non va è che se io *protesto* lui mi manda via.»

---

puro, buono, senza peccato
disordine, contrario di ordine
osservare, guardare molto attentamente
stupido, chi non è capace di capire le cose
protestare, dichiarare di essere contro qc.

«Questo è un tuo pensiero *malvagio.* Il direttore non manda via nessuno per delle ragioni
così basse. E poi, perché protestare, se sei convinto che un angelo non può fare del male?»

Mio marito parla con *facilità* e tutti lo ascol-
tano con grande interesse. Non solo è riuscito a
convincere quel collega a lasciare *volontariamente* la moglie al direttore, ma ha anche convinto molti altri a fare delle cose ancora più *in-
credibili.* Un amico con un figlio *scapestrato* è

---

malvagio, molto cattivo
facilità, con facilità = in modo facile
volontariamente, di sua volontà
incredibile, difficile da credere
scapestrato, chi non ha voglia di lavorare e preferisce fare cose non
comuni

venuto a piangere nel nostro salotto, ma poi si è convinto che il figlio non è suo e quindi lo ha *cacciato* via di casa. Due giorni dopo quel ragazzo si è ucciso. Il padre è venuto qui di nuovo a piangere. Mario l'ha convinto che questa è la prova che il figlio è veramente di un altro e che il male porta solo al male: la morte.

Di un altro ricordo questo: viene la mattina presto, si siede in salotto e rimane lì fino a sera. *Fuma* una *sigaretta* dopo l'altra. Mario qualche volta si dimentica di lui, esce, *rientra*. Nel salotto pieno di *fumo* l'uomo aspetta in silenzio. Non è *malato*, né povero, non ha problemi con la famiglia come gli altri. E' soltanto stanco di vivere. E vuole morire. Ma non sa come. Ogni tanto scopre un nuovo *veleno* e prova a prepararlo: legge libri, fa prove su topi e altri animali. Parla a lungo con Mario di questo veleno e di che cosa accade quando il veleno entra nel corpo. Scrive piccoli numeri che indicano i minuti necessari al veleno per uccidere. Ma quando tutto sembra chiaro e pronto, non si occupa più di tutto questo e non parla più di veleno fino a che non scopre un altro più *potente* veleno.

Mario mi ha detto: «Questo è un caso

---

cacciato, cacciare: buttare
rientrare, entrare di nuovo
malato, chi sta male
potente, forte

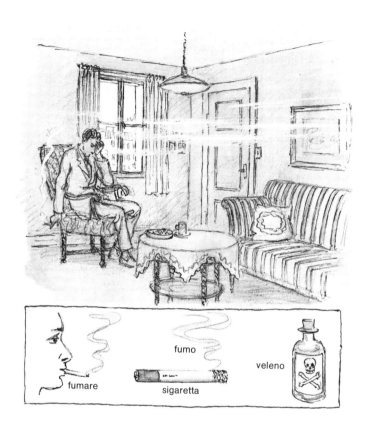

difficile. Non sa ascoltare. Gli interessa solo parlare di veleni.»

«Prepara un buon caffè per lui, Marcella.»

Io gli ho preparato il caffè molte volte, ma mi sono accorta che l'uomo non lo beve. Fuma solo.

«E' un uomo strano. Assomiglia più a un morto che a un vivo. Capisco perché si vuole uccidere. La morte è la sua condizione naturale. Bisogna aiutarlo. Ma come?»

«Oggi mi ha parlato di un nuovo veleno.»

«C' è qualcosa di *storto* in lui; qualcosa che lo *trattiene* in vita, anche se ha la volontà di morire. Vorrei capire cos'è.»

«Forse vuole solo parlare di morire, ma non veramente morire.»

«E' un uomo che è già morto, te l'ho detto. Quello che continua a vivere in lui è qualcosa di *torbido* ed inutile che *va distrutto*.»

«Perché non lo convinci con le tue belle parole?»

«Perché non sente. Le sue *orecchie* sono morte.»

Mio marito ha cominciato a soffrire per il caso del suo amico che vuole uccidersi e non riesce. E' diventato *nervoso*. Forse perché ha cominciato a *dubitare* del suo potere.

orecchia

---

storto, non giusto
trattenere, tenere
torbido, poco chiaro e brutto
va distrutto, deve essere distrutto, da distruggere = uccidere
nervoso, non tranquillo, preoccupato
dubitare, avere dubbi

Un giorno sono usciti insieme lui e il suo amico. Li ho aspettati a casa con la *cena* pronta. Ma non sono tornati neanche alle dieci. La cena si è *raffreddata*. Ho cominciato a mangiare del *pane*. Ho anche bevuto un *bicchiere* di vino. E poi credo di avere dormito. Verso mezzanotte ho sentito qualcuno entrare dalla porta e mi sono svegliata.

«Sei tu Mario?»

pane

bicchiere

---

cena, pranzo della sera
raffreddato, diventato freddo

Non mi ha risposto. Un momento dopo l'ho visto entrare, *spettinato* e *arrossato* dal freddo, molto contento.

«E il tuo amico?»

«E' morto.»

«Si è *suicidato*?»

«Sì. Adesso è veramente quello che è. Non *finge* più.»

«Come è successo?»

«Abbiamo *passeggiato* per la città. Mi ha parlato sempre dei suoi veleni. Poi siamo saliti su una casa *in costruzione*. All'ultimo piano. La casa è su una *collinetta* in piedi su una *scarpata* che finisce nel *fiume*. Ci siamo seduti su un muro e

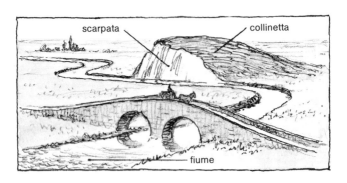

spettinato, con i capelli in disordine
arrossato, diventato rosso
suicidato, suicidare = uccidere sé stessi
fingere, comportarsi in modo diverso da quello che si sente
passeggiare, camminare
in costruzione, che viene costruito ma non è finito

ci siamo messi a fumare. Abbiamo fumato per due, tre ore. Lui ha continuato a guardare la scarpata sotto di noi.

– Non vuoi buttarti giù? gli ho chiesto.

– Vorrei ma non posso.

– Perché? gli dico.

– Perché io stesso non posso fare del male a me stesso. E' *innaturale*.

– E allora che cosa vuoi?

– Mi *dai una spinta*? dice.»

«Ha detto così?»

«Sí, cosí.

– Se sei un amico vero, dammi una spinta.

– Non c'è bisogno che mi preghi, gli ho risposto. Io sono venuto qui proprio per questo.

– Tu veramente mi vuoi bene, ha detto, perché tu capisci me stesso meglio di me.

– Io voglio capire gli altri e aiutarli.

– Grazie, mi ha detto. Fammi accendere un'ultima sigaretta.

– Fai con comodo. Abbiamo tanto tempo.»

Ha acceso la sigaretta, ha fumato un poco, poi, sempre con la sigaretta tra le *labbra,* è salito

labbra

---

innaturale, non naturale
dare una spinta, aiutare a buttare giù

sul muro. Gli ho dato una spinta con due *dita*. E' bastata una spinta *leggerissima*. E' andato giù da solo, in modo molto bello. E' finito nel fiume. E' morto nel modo migliore.»

Mio marito è tanto occupato a dare il suo aiuto che qualche volta dimentica perfino di fare le *vacanze*. Quest'anno, per esempio, siamo rimasti a Roma tutta l'estate. Io penso ogni tanto a lasciare questa casa senza luce, come facciamo ogni anno, e passare tre settimane a Riccione, in casa dei suoceri; ma non voglio dargli dispiacere. So che ha dei casi difficili che non può lasciare.

In questi giorni, per esempio, c'è un ragazzo che viene spesso nel nostro salotto, un tipo lungo e nero, con la faccia piccola con grandi *rughe*. Dice che ha l'*istinto* di *rubare*. Per questo ha la faccia così seria. Il ragazzo dice che il suo *desiderio* di rubare è più forte di tutto e che per lui è peggio che morire se non riesce a rubare.

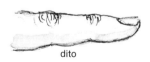
dito

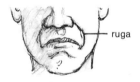
ruga

---

leggerissimo, molto piccolo
vacanze, diversi giorni dove non si lavora
istinto, si dice di cosa che non è imparata, ma fatta in modo naturale, come fanno le cose gli animali
rubare, portare via, prendere le cose degli altri senza domandare
desiderio, voglia forte

Mario è un uomo che ama l'ordine, la legge, le cose ben fatte. Ha un'idea molto *severa* e molto chiara dei doveri di una persona. Perciò mette una cura particolare a *guarire* il ragazzo. Ma per ora non ci è riuscito. Dopo tanti giorni di cura, il ragazzo ha cominciato di nuovo a rubare.

«Questa notte mi è venuta un'idea *geniale*.»

«Cosa?»

«Sai che cosa dice la *Bibbia*?

«No.»

«Dice che bisogna tagliare la mano di chi ruba.»

«Perché?»

«Per *punire* chi ruba. Se la tua mano non sa ubbidire al tuo *cervello,* tagliala. Così dice la Bibbia. Secondo me questa è l'unica strada.»

Sempre più mi convinco che Mario è come un *mago,* è molto sicuro di sé e tutti finiscono per fare la sua volontà.

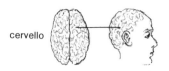

cervello

---

severo, serio, grave
guarire, aiutare chi sta male a stare di nuovo bene
geniale, molto buono
Bibbia, 71 libri santi che gli uomini hanno ricevuto da Dio
punire, dare una pena per far pagare una colpa

mago

Mario ha convinto il ragazzo che per guarire in modo *definitivo,* deve tagliarsi una mano.

Questa mattina sono usciti tutti e due molto presto per andare alla *segheria* di un amico.

Lì, davanti a Mario, il ragazzo deve tagliarsi una mano con un colpo di *sega.* E poi vengono qui a bere un caffè.

segheria

sega

definitivo, sicuro

Così mi hanno detto. Ma secondo me il ragazzo allora ha bisogno di *bende* e *sonniferi* invece che di caffè. Ho preparato il letto sul *divano* del salotto dove siede di solito. Lì vicino, sul *tavolinetto,* ho preparato dei sonniferi, delle bende e un bicchiere di cognac.

Ma la cosa più bella, quando ritornano, è certamente la faccia di Mario, chiara e felice; la faccia di un uomo che ha fatto il proprio dovere.

benda   tavolinetto   divano

---

sonnifero, si prende per poter dormire

DOMANDE:

1. Dove lavora il marito di Marcella?
2. Che tipo di scherzi fa a sua moglie?
3. Perché i suoi colleghi vanno da lui la domenica?
4. Come ha aiutato il collega con la moglie che va a letto con il direttore della banca?
5. E come ha aiutato il collega con il figlio scapestrato?
6. Che cosa è successo con il figlio di questo collega?
7. Come ha aiutato il collega che parla sempre di veleni?
8. Ed il ragazzo con il desiderio di rubare?
9. Che cosa prepara sempre Marcella per gli amici del marito?
10. Perché tutti fanno sempre quello che vuole Mario?
11. Secondo te Marcella ama suo marito?

L'ALTRA FAMIGLIA

Pietro e Paolo, per svegliarmi la mattina, saltano sul mio letto. Apro gli occhi e mi *sento soffocare*. Pietro mi sta seduto sulla *pancia*, a gambe larghe; Paolo è seduto sulle mie gambe e ride.

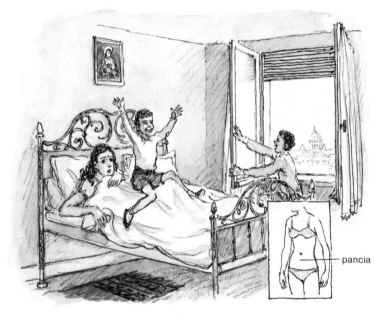

pancia

«Mamma, è l'ora di alzarsi.»
«Che ore sono?»
«Le sei.»
«Posso dormire ancora un po'?»

---

sentirsi soffocare, sentirsi mancare l'aria

26

«No, devi aiutarci a vestire e poi devi preparare la *colazione*. Alzati.»

«Ma che ore sono?»

«Le sette.»

«Che *bugiardo*. Mi dici un'ora sbagliata eh, per farmi alzare, che bugiardo! Lasciatemi dormire ancora un po'».

«La mamma vuole dormire Pietro, va via.»

Mi giro dall'altra parte e cerco di addormentarmi di nuovo. Ma il silenzio dei miei due figli non mi lascia tranquilla. Infatti giro la testa e vedo che accendono un fuoco al centro della stanza, con delle carte e dei *fiammiferi*.

Mi alzo di corsa e li *prendo a schiaffi*, ritorno a letto. Ma ormai non riesco più a dormire. Rimango ancora un momento a letto, con gli occhi chiusi, quindi mi alzo e comincio la giornata.

Vado in cucina a preparare la colazione per i bambini e per Giorgio. Alle otto siamo tutti seduti a mangiare. Pietro cerca di convincere il fratello maggiore a giocare con lui: si mette

fiammifero

---

colazione, il mangiare del mattino
bugiardo, chi non dice la verità
prendere a schiaffi, dare colpi sulla faccia con la mano aperta

dell' acqua in bocca e la *spruzza* addosso al fratello.

«*Di'* a tuo figlio di *smetterla*.»

«Smettila Pietro.»

«Anche Paolo lo fa.»

«Smettetela tutti e due.»

«Di' a tuo figlio di smetterla.»

«Ma l'ho già detto.»

«Dagli uno schiaffo.»

Pietro corre via.

spruzzare

---

dire di smetterla, dire a q. di smettere di fare una cosa

«*Picchialo!*»

«Perché non lo picchi tu?»

«Io sono contrario alla *violenza,* lo sai. Ma tuo figlio è cattivo.»

«E' anche tuo figlio.»

«E' anche mio figlio, ma *assomiglia* a te. Paolo è più simile a me. Infatti quando Pietro non c'è, Paolo è diverso, molto buono.»

«Adesso uscite, che è tardi. Dove sono le vostre *cartelle?*»

cartella   palla

---

picchiare, dare colpi ad una persona per farle male
violenza, quando si usa la forza contro una persona o una cosa
assomigliare, essere simile

«La mia cartella si è rotta.»

«Come, si è rotta! Dove l'hai messa?»

«L'ho buttata. Era tutta rotta.»

«Ma come hai fatto a rompere la cartella?»

«Pietro ci ha giocato a *palla*.»

«E dagli uno schiaffo!» grida mio marito.

«L'ho già fatto.»

«Dagli un altro schiaffo.»

«Non posso passare la giornata a dare schiaffi a Pietro.»

Finalmente riesco a mettere i due ragazzi nell'*ascensore*. Chiudo la porta e torno in casa. Giorgio si prepara ad uscire anche lui.

«Quando vai a Milano?» mi chiede.

«Domani.»

«Questo tuo lavorare un po' qui e un po' a Milano mi *fa venire i nervi*.»

«Perché?»

«Perché non riesco ad accettare l'idea. Qualche volta penso: ecco oggi siamo soli, perché Elda è partita. Invece torno a casa e ti trovo a giocare con i bambini. Altre volte penso: ecco adesso torno a casa e racconto a Elda la *barzelletta* che mi ha raccontato Strapparelli, a scuola. Ma quando apro la porta mi

---

palla, vedi illustrazione pag. 29
far venire i nervi, fare preoccupare e soffrire
barzelletta, breve storia che diverte

ascensore

accorgo che Pietro ha fatto qualcosa di sbagliato, come al solito. Allora ricordo che tu
sei partita.»

«Il mio lavoro è questo. Cosa posso fare se mi
costringe a andare avanti e indietro fra Milano e
Roma?»

«Non puoi trovare un altro lavoro?»

«Non credo. Con questo lavoro guadagno
bene. I tuoi soldi non bastano, lo sai.»

«Qualche volta penso: forse c'è qualcuno che
la aspetta a Milano.»

«Chi può aspettarmi a Milano?»

«Un altr'uomo.»

«Che *sciocchezza*!»

Giorgio ride contento. Mi *bacia sulla guancia* ed esce.

baciare sulla guancia

Io mi chiudo nello *studio* a lavorare. Studio i casi nuovi, scrivo. La mia testa è proprio *vuota*.

All'una la porta viene aperta con violenza. Pietro entra di corsa e mi bacia. Mi sento sulla faccia la sua bocca *appiccicosa* di *gelato*.

gelato

---

sciocchezza, cosa senza senso
studio, stanza dove si lavora e si studia
vuoto, il contrario di pieno
appiccicoso, che si attacca in modo che non fa piacere

«Come è andata a scuola?»

«Bene. Non ci sono andato.»

«Come non ci sei andato. E Paolo?»

«Paolo è venuto con me. Siamo andati a giocare a *pallone*.»

«Sei cattivo, sei proprio cattivo!»

«Sono cattivo, lo so. Ma papà dov'è? Non raccontarlo a lui, per favore.»

«Non lo faccio, ma ti do uno schiaffo lo stesso.»

«Quando parti per Milano mamma?»

«Domani.»

«Mi porti con te?»

«No.»

«Perché no?»

«Perché ho da fare, lo sai.»

Subito dopo aver mangiato, Pietro e Paolo corrono a giocare. Giorgio legge il *giornale*.

Alle quattro Giorgio esce di nuovo. Pietro e Paolo ritornano verso le sette e mezza per fare i *compiti*, ma è troppo tardi e poi sono stanchi. Dopo dieci minuti dormono con la testa sui libri. Passo la serata a fare i compiti per loro.

«Non ti occupi abbastanza di Pietro e Paolo.

---

pallone, grossa palla
giornale, vedi illustrazione pag. 34
compiti, lavoro che i ragazzi devono fare a casa e poi portare a scuola

giornale

Sono due buoni a niente. E' colpa tua.»

«Perché mia?»

«Perché non ti occupi di loro.»

«E tu?»

«Io mi occupo già di quaranta ragazzi a scuola. Quando torno a casa sono stanco. Io penso che abbiamo fatto male a fare dei figli; non siamo persone *adatte* a una *famiglia numerosa*.»

---

adatto, che va bene
famiglia numerosa, famiglia con tanti bambini.

«Forse hai ragione. *Era* meglio stare noi due soli, e basta.»

«Senti, perché non andiamo a vedere un film stasera?»

«No, sono molto stanca. Perché non ci vai tu?»

«No, senza di te, no.»

«Allora andiamo a letto.»

La mattina dopo, Pietro mi sveglia alla solita ora. Salta sul mio letto e si siede a gambe larghe sulla mia pancia.

«Che ore sono?»

«Le cinque e mezza.»

«Tirami giù la *valigia* dall'*armadio*, Pietrino.»

»Lo fa Paolo. Io sono occupato adesso.»

armadio

cappotto

valigia   borsa

---

era, imperfetto indicativo di essere

«Scendi, mi fai male.»

«No, non scendo. Sei il mio cavallo e io voglio andare a Milano a cavallo.»

«Scendi, adesso basta, ti dico.»

Preparo la valigia, le mie carte, la *borsa*, il *cappotto* ed esco. Pietro mi accompagna giù al taxi, Paolo rimane col padre e mi salutano tutti e due dalla finestra.

In *aereo* dormo. E' l'unico momento che *mi sento* del tutto *a mio agio*. Mi sveglio poco prima di arrivare a Milano.

All'*aeroporto* ormai mi conoscono: appena arrivo, entro nel *bar,* prendo un caffè e telefono a casa.

«Sei tu Carlo?»

«Quando sei arrivata?»

«Adesso.»

«Hai fatto buon viaggio?»

«Buono sí, ho dormito.»

«Vengo a prenderti.»

«Non c' è bisogno, ho qui un taxi pronto.»

Quando apro la porta di casa, trovo Gaspare e Melchiorre in piedi che mi aspettano. Son ben vestiti, ben *pettinati, ossequiosi* e *servizievoli.*

---

sentirsi a proprio agio, sentirsi bene
pettinato, con i capelli in ordine
ossequioso, troppo gentile
servizievole, sempre pronto a fare servizi ad un' altra persona.
borsa, vedi illustrazione pag. 35
capotto, vedi illustrazione pag. 35

aeroporto

aereo

«Come state?»

«Gaspare è stato bravo a scuola.»

«Anche Melchiorre è stato bravo.»

«Il papà?»

«Sta bene. E' uscito adesso per andare alla *messa*.»

---

messa, si va a messa, in chiesa, la domenica mattina per pregare e ricordare Gesù Cristo

«Che famiglia *pia* e ordinata che ho.»

«Vuoi mangiare qualcosa mamma?»

«No. Devo andare subito in ufficio. Ci vediamo a mezzogiorno.»

Il lavoro che trovo nello studio di Milano è sempre più di quanto mi aspetto e finisco per tornare a casa tardi. Quando entro, trovo la *tavola apparecchiata* e i miei due figli e mio marito seduti ad aspettarmi.

«Non dovete aspettarmi. Potete cominciare.»

«Preferiamo mangiare con te.»

«Hai avuto molto da fare?»

«Molto sì. Mi sento proprio stanca.»

«L'aereo *stanca*.»

«Sì, l'aereo stanca.»

«Anche cambiare aria stanca.»

«Sì, anche cambiare aria stanca.»

«Anche alzarsi presto la mattina stanca.»

tavola apparecchiata

pio, chi va spesso in chiesa a pregare
stancare, fare diventare stanco

«Sì, anche alzarsi presto la mattina stanca.»

«Com' è andata a Roma?»

«Bene.»

«E' una città molto *noiosa* Roma.»

«Sì, è una città molto noiosa.»

«E poi la gente non ha voglia di fare niente.»

«La gente non ha voglia di fare niente.»

«Siamo noi *milanesi* che manteniamo la *penisola*.»

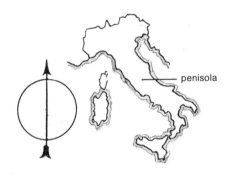

penisola

«Quale penisola?»

«L'Italia no?»

«Ah, l'Italia.»

«Gaspare, Melchiorre, andate a fare i compiti.»

«Sì, papà. Ci vediamo più tardi, mamma.»

«Diventano due *ipocriti*.»

---

noioso, che non fa divertire
milanese, di Milano
ipocrita, chi si mostra buono e gentile solo per ottenere favori

«Chi?»

«I tuoi due figli.»

«Sono anche tuoi.»

«Sono anche miei, ma assomigliano a te. *Silenziosi* e ipocriti. Fingono di essere bravi, ma non lo sono.»

«Cosa hanno di tanto *terribile*?»

«Sono *falsi* ti dico, falsi e bugiardi.»

«Allora, hai finito il tuo libro?»

«No, tesoro, non ancora, ma quasi. Mi mancano solo otto *capitoli*.»

«Che storia è? Non me l'hai mai raccontata.»

«E' la storia di un uomo che ha due vite.»

«*Interessante*. Ma perché non lo finisci presto? E' da molti anni che scrivi questo libro.»

«Perché ci devo pensare sopra. Però più ci penso e più le cose si *complicano*. Secondo te, è possibile per un uomo avere *contemporaneamente*, non dico due donne, ma due famiglie?»

«Credo di sì.»

«Secondo te è *morale*?»

---

silenzioso, chi sta zitto e in silenzio
terribile, che fa paura
falso, chi non dice il vero
capitolo, parte di un libro
interessante, che interessa
complicare, rendere difficile
contemporaneamente, nello stesso tempo
morale, agg., bene

«No.»

«Beh, questo è un problema che mi interessa; come *conciliare* la *morale* con le cose che sono più importanti per noi, il bisogno di amare, di essere *indipendenti,* di fare cose *anormali.*»

«Allora finisci il libro quest'anno?»

«Sì, certo. Anche se lavoro poco, lavoro.»

Nel pomeriggio porto al cinema i miei due figli, mentre mio marito resta a casa a lavorare. Quando torniamo, lo troviamo seduto in sala che gioca col gatto. Gli chiediamo se ha lavorato. Lui risponde di sì. Gaspare e Melchiorre si guardano *increduli.*

Alle otto e mezza andiamo a tavola. Io mi sento così stanca che non ho più *fame.* I ragazzi mi raccontano delle storie noiose. Poi ci sediamo tutti davanti alla televisione e fino alle undici non ci muoviamo. Io sono stanca e dormo a occhi aperti. Gaspare e Melchiorre ogni tanto mi svegliano con le loro *risate stridule.*

«Quando parti per Roma, mamma?»

---

conciliare, fare andare d' accordo
la Morale, sost., tratta del bene e del male della vita dell' anima
indipendente, chi decide da solo
anormale, diverso dal solito
incredulo, chi non vuole o non riesce a credere che una cosa è vera
fame, voglia di mangiare
risata, suono che si fa quando si ride
stridulo, si dice di voce troppo alta e che suona in modo che non piace

«Giovedì.»

«Allora questa volta resti quattro giorni con noi.»

«Sì quattro giorni.»

«Quando mi porti a Roma mamma?»

«Mai.»

Alle undici i due ragazzi vanno a letto e Carlo ed io restiamo soli. Carlo legge ad alta voce per me l'*inizio* del decimo capitolo del suo libro. Non sa decidersi sulle parole da usare. E' molto noioso.

«Andiamo a letto?»

«Tu vai pure, io continuo a lavorare.»

«Cosa devi fare?»

---

inizio, punto dove si comincia

«Devo trovare la *frase* giusta. E' molto importante trovare la frase giusta.»

«Secondo me, questo libro non lo finisci mai.»

«Perché?»

«Perché non hai voglia di farlo. Come ti è venuta in mente l'idea delle due vite?»

«Quando ero ragazzo ho amato una volta due donne contemporaneamente. Ma stavo così male. Mi sentivo in colpa.»

«E come è finita?»

«Male. Non ci si può *dividere* a lungo. Si diventa *malati*.»

Il giorno dopo riprendo la solita vita milanese. Gaspare e Melchiorre vanno a scuola, io vado in ufficio, Carlo si chiude nello studio a scrivere il suo libro. All' una *pranziamo* insieme. Nel pomeriggio io torno a lavorare, Carlo gioca col gatto e i due ragazzi fanno i compiti.

Alcuni giorni dopo io preparo le valige, metto nella cartella le carte da studiare, lettere e conti e torno a Roma. Carlo mi accompagna all'aeroporto.

«Ciao. Cerca di finire il tuo libro.»

---

frase, numero minimo di parole necessarie per dire o scrivere un pensiero
dividere, fare in due o più parti
malato, chi sta male
pranzare, mangiare il pranzo

«Ci lavoro molto, lo sai. Prima della fine dell'anno conto di finirlo e poi sono io a mantenere te.»

«Appena arrivata a Roma, vado verso il telefono più vicino e chiamo casa.

«Sei tu mamma?»

«Sono arrivata adesso.»

«Sai che Pietro ha dato fuoco allo studio di papà?»

«E lui che gli ha fatto?»

cintura

vestito

«Niente. Aspetta che tu torni per punirlo. Ha detto che tu devi *frustarlo* con la *cintura* del tuo *vestito*.»

---

frustare, battere qualcuno come si usa fare con i cavalli

DOMANDE:

1. Chi sono Pietro e Paolo?
2. Come svegliano la mamma la mattina?
3. Perché Giorgio non vuole dare schiaffi ai ragazzi?
4. Perché Elda va avanti e indietro fra Milano e Roma?
5. Chi sono Gaspare e Melchiorre?
6. Come sono Gaspare e Melchiorre?
7. Che libro scrive Carlo?
8. Come gli è venuta in mente l'idea di questo libro?
9. Perché non lo finisce mai?